Dirección editorial:
Departamento de Literatura
Infantil y Juvenil

Dirección de arte:
Departamento de Imagen y Diseño GELV

Diseño de la colección:
Manuel Estrada

*El 0,7% de la venta de este libro
se destina al Proyecto «Mejora
de la Calidad y oferta educativa
del ciclo diversificado del Instituto
Tecnológico Quiché de Chichicastenango
(Guatemala)», que gestiona la ONG
Solidaridad, Educación, Desarrollo (SED).*

1ª edición, 3ª impresión, marzo 2011

© Del texto: Lydia Carreras de Sosa
© De las ilustraciones: Javier Zabala
© De esta edición: Editorial Luis Vives, 2006
   Carretera de Madrid, km. 315,700
   50012 Zaragoza
   Teléfono: 913 344 883
   www.edelvives.es

ISBN: 978-84-263-6198-1
Depósito legal: Z-988-2011

 Talleres Gráficos Edelvives (50012 Zaragoza)
Certificados ISO 9001
Printed in Spain

FICHA PARA BIBLIOTECAS

CARRERAS DE SOSA, Lydia (1949-)
   Las cosas perdidas / Lydia Carreras de Sosa ; ilustraciones,
Javier Zabala. – 1ª ed., 3ª reimp. – Zaragoza : Edelvives, 2011
   115 p. : il. ; 20 cm. – (Ala Delta. Serie verde ; 58)
   «XVII Premio Ala Delta»-cub.
   ISBN 978-84-263-6198-1
   1. Argentina. 2. Amistad. 3. Relación padres-hijos. 4. Conflictos
personales. 5. Robos. I. Zabala, Javier (1962-), il. II. Título. III. Serie.
   087.5:821.134.2(82)-32"19"

EDELVIVES

ALA DELTA

Las cosas perdidas

Lydia Carreras de Sosa

Ilustraciones
Javier Zabala

A Manuel, Josefina, Pancho, Santiago
y a Carolina, mi correctora de textos.

Novela ganadora del
XVII Premio Ala Delta de Literatura Infantil

El jurado se reunió el 8 de septiembre de 2006.
Estaba compuesto por Manuel L. Alonso,
Carmen Blázquez, Carmen Carramiñana, Marina Navarro
y Mª José Gómez-Navarro.

1

Una cucharita de plata

Yo estaba tumbado boca abajo en el suelo haciendo un rompecabezas y mi hermanita Paz jugaba en el patio, los dos muy malhumorados por la mudanza. El desorden era horrible y las habitaciones tenían mal olor. En casa estaban mamá y papá y tío Daniel con tía Ana charlando de las últimas vacaciones y acordándose de cuando eran chicos y esas cosas. Estaban contentos porque ahora íbamos a vivir más cerca.

Mamá llevó una bandeja con café y pastas de limón y la colocó en una mesita que habían dejado los antiguos dueños. Sirvió el café en vasos de plástico pero, para compensar, puso unas cucharitas de plata con piedras de colores que usa sólo en las grandes ocasiones. Yo no me levanté del suelo ni por las pastas de limón. No entendía por qué todos estaban tan contentos cuando hasta las cosas más sencillas se habían complicado.

Como a papá no le había dado tiempo de armar las camas, la primera noche pusimos los colchones en el suelo y dormimos allí. Eso sí, sin almohadas, porque no las encontramos hasta el segundo día, un rato después de las tazas del desayuno y unas horas antes de los cepillos de dientes. A falta de mantas, nos tapamos con unas hamacas paraguayas y unos toallones que, vaya a saber por qué, habían sido embalados juntos. Pero eso es sólo un ejemplo. También hubo que comprar calzoncillos para mí.

Papá había averiguado cuánto cobraba una empresa de mudanzas por hacer todo. «Todo» quiere decir que unos señores traen los canastos y, en un solo día, envuelven bien las copas, los juguetes, los libros y la ropa.

Después, en la nueva casa, colocan las cosas donde les vas indicando. Esto acá, eso allá. No, más adentro, un poquito más a la izquierda, ojo con el mueble, y así te va quedando la casa hermosa y ordenada.

Pero mamá dijo:

—¡¿Cuánto?! Pero, por favor, ni que hicieran la mudanza a pie. Déjame a mí.

—Laura, por favor... —intentó papá.

Pero se calló enseguida porque sabe que cuando a mamá se le mete una idea en la cabeza, no hay nada que hacer.

Bueno, el resultado se vio rápidamente. Mamá tardó diez días en embalar todo en cajas y no les puso carteles porque creyó que se iba a acordar de qué había en cada una. Pero, al final, fueron ochenta y cuatro, y todas eran iguales.

Volviendo a la reunión en casa, tío Daniel y papá son amigos desde que eran chicos. Vivían en el mismo barrio, estudiaban en el mismo colegio y jugaban a la pelota en el solar de la cuadra de al lado. Ahora ya no hay solares en los barrios, pero antes sí, y eran como terrenos sin edificios, sin casas ni nada, y se podía jugar a lo que uno quería sin molestar a nadie. Hasta existían juegos que se jugaban fuera de casa, más que nada porque necesitaban espacio. Además, parece que antes los padres dejaban que uno estuviera en la calle y jugara en la acera. Eso sí, fijaban una hora para volver a merendar, pero no pasaban a buscar a los hijos por el club como hacen ahora para que no vengan solos o no tomen un autobús. Porque no tenían miedo de que les raptaran, les robaran la mochila, las zapatillas o, lo peor de todo: la bici. «Eran otros tiempos», dice mamá.

Cuando se hicieron grandes, digo mi papá y tío Daniel, se casaron y las mujeres se hicieron amigas, y los chicos de ellos —Juampi y María— y nosotros también nos hicimos amigos.

De repente, mi hermana, que estaba en el patio, pegó un grito y papá, que es un poco exagerado y no conoce los gritos de Paz, salió disparado como un cohete seguido de mamá. Tío Daniel y tía Ana también fueron, por si acaso, pero yo me quedé. Seguro que se pilló el dedo con la rueda del triciclo. Con la de delante, que anda floja. «No es para tanto —pensé—. Alguna vez, yo también me lo he pillado y aquí estoy.» Pero Paz es una gritona y le gusta que todos le presten atención. Tiene seis años. Es la edad.

Después de este pequeño episodio —acerté hasta con lo de la rueda—, mientras mamá le ponía una tirita en el dedo a mi hermana y papá guardaba el triciclo para arreglarlo durante el fin de semana, tío Daniel volvió al salón para recoger sus cosas, porque se les hacía tarde para pasar a buscar a los chicos, que estaban en clase de natación.

Entonces, sucedió algo que nadie más vio.

Tío Daniel agarró otra pastita de limón y, como al descuido, una cucharita de plata de mamá. En ese momento, entró papá con Paz en brazos y el tío se metió la pastita en la boca, pero dejó la cucharita apretada entre los dos últimos dedos. Desde el suelo, con mi rompecabezas, yo le miraba y me sonreía. Vi cómo empujaba la cucharita hacia dentro de la manga de la camisa y, mientras yo colocaba las dos últimas piezas a mi rompecabezas, pensé qué broma haría. También me preguntaba cómo encajaría mamá otro chiste sobre el desorden de la casa y la empresa de mudanzas. Pero, bueno, un poco de buen humor siempre viene bien.

Tío Daniel es el alma de las fiestas —dice papá— porque, básicamente, tiene buen carácter. Siempre le ve el lado positivo a las cosas y te hace reír. Se acuerda de viejos chistes y, cuando los cuenta, todo el mundo se ríe mucho y le pide que cuente otros. Por ejemplo, el del señor que vendía perritos calientes en la playa, que es muy gracioso y le sale rebién.

—Bueno, se nos ha hecho tarde —dijo de repente el tío, y empezó a recoger sus cosas—. ¿Vamos, Ana? Como siempre, a las ocho en la oficina, ¿no? Besos a todos. Chao, chicos. Chao, Laura. Y nosotros hasta mañana.

Y se fueron.

«¿Y la broma? —pensé yo—. No puedes irte. ¿Y la cucharita?»

Mamá recogió los vasos, el plato y las cucharitas, puso todo en una bandeja y la llevó a la cocina. «Ahora —calculé— se va a dar cuenta de que falta una y me va a preguntar si la he visto. Yo le voy a decir que no, que no la vi, y voy a seguir con mi rompecabezas, aunque ya lo he terminado. Pero, en realidad, mejor le digo que el tío Daniel se llevó la cucharita en la manga y que yo vi cuando la guardaba para gastarle una broma, aunque después se olvidó porque se le hizo tarde.» Pero mamá no se dio cuenta.

Esa noche tardé bastante en dormirme. No podía quitarme de la cabeza lo que había pasado. Papá siempre me dice que puedo contarle cualquier cosa.

—Pero cualquier cosa que te pase o que te ocurra, Tani.

Me dice *Tani* porque me llamo Estanislao, como él. ¡Qué se le va a hacer!

—¿Dices que te puedo contar cosas del colegio, de malas notas y eso?

—De otras también —contesta él.

—¿De chicas?

—Por supuesto, también de chicas.

Pero esto es distinto. ¿Para qué querría tío Daniel, su mejor amigo, una cucharita de plata? Además, eso es cosa de mujeres. No entiendo nada.

Por una vez, me alegré de que Paz me hablara sin parar y me cantara todas las canciones que sabe y otras que inventa, la caradura. Me vino bien para no pensar.

Cuando papá se acercó para darnos las buenas noches y leer un cuento, me preguntó si me pasaba algo. Yo le dije que estaba muy cansado.

Al día siguiente, los cuatro estuvimos muy ocupados arreglando la casa. También me había cambiado el humor. Pensándolo bien, ahora iba a vivir más cerca de Paco, mi mejor amigo. Paco es español. Nació en las islas Baleares. Todavía pronuncia la zeta: al hablar marca la diferencia entre las *eses* y las *ces* porque la mamá y el papá hablan así. Vino a Argentina cuando tenía dos años y nos conocimos en el colegio a los cinco. Ahora somos uña y carne.

Volviendo a la casa nueva, mi hermana Paz y yo tenemos un cuarto de estudio para que no desparramemos los libros y los cuadernos por el resto de las habitaciones. Y papá tiene un despacho con un ordenador que no nos deja utilizar porque contiene cosas muy importantes.

Ésa fue la primera habitación que intentaron poner en orden: los libros, los estantes, la vitrina con las plumas estilográficas de la colección, las fotos de Paz, de mamá y mías. Y sobre el escritorio colocaron algo que papá quiere mucho: un pisapapeles de cristal negro, redondo y lisito como un huevo de dinosaurio, pero más chico. Se lo regaló el profesor que le hizo el examen de la última asignatura para terminar la carrera de ingeniero. Nosotros siempre le decimos que debió de ser un pelota para que el profesor le hiciera un regalo así. Pero es una broma, porque papá fue muy buen estudiante.

La cocina es la parte más linda de la casa porque las ventanas, que dan al jardín, son muy grandes, y tiene mucha luz. Al fondo hay un árbol de mandarinas que el arquitecto aconsejó que quitáramos para poner una fuente de piedra. Pero papá le contestó que

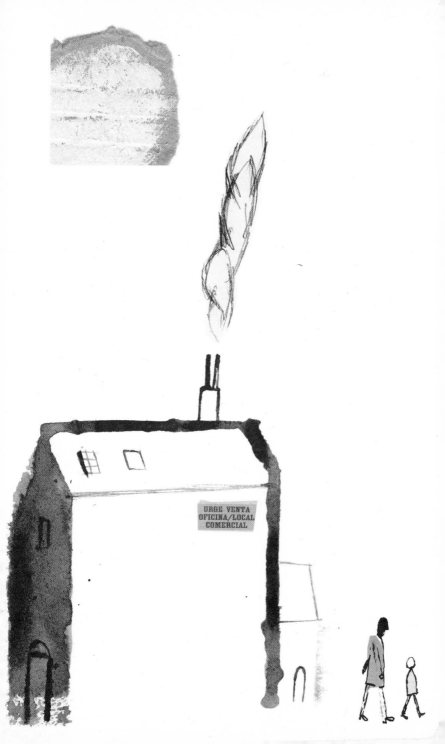

ni loco, porque le gustaba comer mandarinas del árbol y escupir las semillas en el suelo. Mamá le dijo que no había necesidad de ser ordinario, pero papá estaba harto del arquitecto, que quería elegir hasta el color del papel higiénico.

Durante un par de días, apenas me acordé de la cucharita de plata. «A lo mejor —pensé— me lo imaginé. O a lo mejor, quién sabe, el tío pensó gastar una broma y después se dio cuenta de que ya no le daba tiempo. La gente roba plata, joyas, autos, documentos y cedés. Lo veo a menudo en las películas. Pero ¡cucharitas!, ¡y a los amigos de toda la vida! ¿Estamos todos locos?»

Unos días después, tío Daniel y tía Ana y los chicos vinieron de nuevo a casa. Me acuerdo de que era domingo y mi mamá había preparado empanadas. Como hacía mucho calor, estábamos en bañador. La casa estaba más ordenada y había jarrones con flores por todos lados.

Ese día, todo fue perfecto. Tío Daniel estaba muy contento y ayudó a papá a cortar el césped, después lo embolsó con cuidado y llevó las bolsas al jardín de delante para que por la noche no nos olvidáramos de sacarlas con la basura.

Juampi y yo jugamos a la pelota y las chicas ayudaron a las madres a poner la mesa.

Después de comer, nos reímos un montón porque tío Daniel contó que en la escuela tuvo una compañera que se llamaba Nicolasa. Y de segundo nombre, Bella.

—¿Sabéis por qué? —preguntó.

—No —le contestamos.

Le encanta dramatizar todo lo que cuenta y que la gente participe.

Papá dice que el tío es muy histriónico. No sé bien qué quiere decir esa palabra, pero también lo dice de algunos actores.

—El padre le puso esos dos nombres porque el apellido era Neda. O sea, Nicolás Avellaneda, un presidente de Argentina —terminó a carcajadas.

Buenísimo.

Cuando se fueron, al anochecer, estaba seguro de que lo del otro día —digo, lo de la cucharita de plata— había sido un error y me alegré de no haberlo comentado con nadie, ni siquiera con Paco.

Pero yo tengo una voz en mi cabeza que me tiene a raya.

«¿Cómo que lo de la cucharita es "un error"? —protestó la voz—. ¿Qué tipo de "error"? ¿Qué entiendes por "error"?»

No le contesté. Uno tiene derecho a guardar silencio cuando le detienen. Mucho más ante una voz que, al fin y al cabo, está nada más que en tu cabeza, por muy prepotente que sea.

Saqué todos los pensamientos malos de mi mente, como dice mamá que debemos hacer para dormir bien. Y pensé en lo que nos habíamos reído con tío Daniel y los chicos, y en lo bueno que es tener amigos y, sobre todo, en lo malo que es juzgar apresuradamente. En Estados Unidos mandaron a la silla eléctrica a bastantes personas que, al cabo de algunos años, descubrieron que eran inocentes. Y en otros países del mundo, también. La lista está en Internet.

«Como quieras», respondió la voz.

2

OTRA VEZ

—Baja un poquito el volumen de la tele, Tani, que está a punto de llegar el tío Daniel y vamos a trabajar en el estudio —me dijo papá—, o si no, vete a tu cuarto.

—No, ya bajo el volumen.

Preferí quedarme para estar cerca del frigorífico.

Tío Daniel apareció al momento con una pila de carpetas.

—¡Hola, campeón! —me saludó antes de pasar a la cocina a saludar a mamá y tomarse, de paso, un mate.

La película que yo estaba viendo resultó un bodrio y mamá dijo: «Ya te lo había dicho». Y empezó con el sermón de que es mejor un buen libro. Seguramente tiene razón, pero cuando me lo repite todos los días me entra una rabia que... Menos mal que la interrumpió el teléfono. Era la tía Visita, que quería hablar con papá.

—Espere un momento, tía —dijo mamá.

Por la línea interna, mamá explicó:

—Es tu tía Visita. Creo que tiene un problema con las tuberías de casa y quiere hablar contigo. Sólo contigo.

Y nosotros teníamos un problema en la línea de teléfono porque, por más que intentaron, la llamada no pasaba allí.

—No te preocupes, Laura, voy a la cocina, no vaya a ser que se corte —le dijo a mamá. Y a continuación, al tío—: Enseguida vuelvo, viejo.

Desde mi sillón, yo podía ver a tío Daniel sentado delante del ordenador.

—Tranquilo, atiéndela, que yo continúo con este diagrama —comentó.

—¿De dónde sale el agua, tía? ¿Cómo que de todos lados? ¿Cuánta agua sale?

Papá se frotaba la nuca.

—¿¡A chorros!? ¡Ay, Dios mío! Mire, tía, préstame atención. ¿Dónde está usted ahora? Al lado del televisor, bien. Vaya a la cocina y salga al patio. Nada más salir, a su derecha, abajo, detrás del macetón que le pintó el tío Juan, hay una llave de paso. ¿La ve? Sí, es como un grifito.

El problema es que la tía Visita —se llama Visitación— está un poco sorda y no lograba entender las instrucciones de papá. En realidad era una sola.

—Cierre la llave de paso, tía. De paso, sí. La de paso. Yo voy luego, tía, claro. Pero ahora, usted cierre... Sí, CI-E-RRE LA LLA-VE DE PA-SO.

Papá hacía el gesto de cerrar la llave como si la tía le estuviera viendo, y mamá apoyaba la frente en una mano y se reía.

—No, tía, no se preocupe, no se va a quedar sin agua porque tiene la del depósito. Será durante un rato, hasta que yo vaya. Sí, ya le he dicho que voy. ¿Ha cerrado? Ahora vaya y fíjese si sigue saliendo agua. ¿No? ¡Excelente!

A través del reflejo en el cristal de una ventana, vi que tío Daniel se levantó, dio la vuelta al escritorio y se paró frente a la vitrina donde papá guarda su colección de plumas estilográficas, cada una en su estuche. No colecciona más porque las que le faltan ahora son muy caras, pero durante veinte años reunió unas cuantas. Tiene una francesa y dos españolas con piedras preciosas, y una fantástica que termina en una pluma enorme. Cuenta que ahorró dos años para comprarla porque perteneció a un pirata que la usaba para firmar las sentencias de muerte de los enemigos que capturaba. Cada vez que agarraba la pluma... ¡zas!, volaba la cabeza de alguno. Seguro que no es verdad. Bueno, y después tiene otras que para mí son corrientes, pero él dice: «Fíjate en la forma de la pluma y en la terminación de la traba para engancharla en el borde del bolsillo, ¿te das cuenta?». Un fanático. Es lindo coleccionar algo. A lo mejor, el año que viene empiezo a coleccionar algo yo también.

Tío Daniel abrió la puerta de cristal, tomó un estuche, lo abrió, sacó una pluma, la

guardó en un bolsillo, cerró el estuche, lo colocó y cerró la vitrina. Así de simple.

Todo eso lleva más tiempo contarlo que hacerlo. Fue muy rápido.

—Sí, tía, en diez minutos estoy allí —prometió papá a tía Visita—. De acuerdo, en menos, si puedo.

Inmediatamente, papá llamó a don Alberto, el fontanero de nuestro antiguo barrio, y le mandó urgente a la casa de tía Visita, mientras él terminaba algo que tenía a medias.

Cuando entró en el estudio, tío Daniel estaba sentado, trabajando.

«A lo mejor —pensé— ahora le dice que qué bonita es la pluma del estuche, o me gustaría coleccionar plumas a mí también...» Por favor, por favor, que le diga algo.

Pero, en el fondo, yo sabía que nada de eso sucedería.

Lo había vuelto a hacer.

Cuando tío Daniel pasó a mi lado, me hice el dormido.

«¿Qué te dije?», soltó la voz de mi cabeza.

3

UNA IDEA

—Es como en la película *Durmiendo con su enemigo,* donde la chica trata de...

—Paco, no empieces con las comparaciones. La vida no es una película. Esto es real. Tengo un problema de la madona.

—Perdóname. Cuando hay un problema, hay que intentar aclararlo y no divagar. Espera, ¿qué quiere decir «de la madona»?

—No sé. Lo dice mi abuela. Quiere decir «grande». ¿Qué decías?

—Que el problema es cómo se lo decimos a tu papá.

Paco enseguida usa el plural porque se solidariza conmigo.

—No se lo vamos a decir, Paco. No puedo romperle el corazón así. Además, te digo la verdad, no sé si me creería.

—¿Tu mamá ya terminó de ordenar el lío de la mudanza?

—Más o menos. ¿Qué tiene que ver eso?

—Un ladrón, es de sentido común, lo tiene más fácil cuando la víctima no sabe lo que tiene o dónde lo tiene. Por eso tu mamá no se dio cuenta de que faltaba la cucharita.

—Sí, y ya las ha guardado en la caja en que se las regalaron, así que lo más seguro es que no las vuelva a contar hasta mi cumpleaños, que entonces sí las saca. Y con la pluma va a pasar otro tanto, porque los estuches están ordenados, y papá no los abre todas las semanas.

—O sea, Tani, que probablemente las dos cosas se van a dar por perdidas en la mudanza, ¿no?

—Puede ser. Me pregunto cuántas veces lo habrá hecho sin que nos diéramos cuenta.

—Haz memoria.

—Durante las vacaciones —ahora me estoy acordando—, mamá se pasó un mes buscando una bombilla de la abuela. La bombilla de tomar mate. Era muy bonita. No apareció nunca más. Pensamos que se perdió cuando fuimos a la playa. Después de eso… No, déjame pensar, antes de eso, mi abuelo se agarró un enfado de padre y muy señor nuestro porque le perdimos unos alicates que nos había prestado y que buscamos hasta debajo de las piedras.

—¿Y el compás? ¿El que perdiste en marzo?

—¿Te parece que se puede haber llevado un compás? ¿Para qué le iba a servir? No me dejaron ir al cine durante dos meses para ahorrar y poder comprarlo de nuevo.

—Bueno, siguiendo la misma línea, ¿para qué le van a servir la cucharita y la pluma? Yo haría una lista.

—Y con la lista ¿qué hacemos, Paco? Yo no quiero un inventario, quiero una solución.

—Las listas sirven para enfrentar al culpable con los hechos. Tani, cuando vea que le hemos estado siguiendo el rastro, va a confesar, ya verás.

—¿Sabes qué me gustaría averiguar? ¿Qué hace con las cosas que se lleva?

—¿Tú crees que las vende porque necesita dinero?

—No, Paco. No es una cuestión de plata. Debe de haber algo más. Pero tienes razón en eso de vender. Así te las quitas de encima. Ahora me acuerdo de que él conoce a un anticuario en el barrio, acá, a tres o cuatro cuadras, frente a la avenida. Se llama Pastor y tío Daniel le visita con frecuencia. Siempre le habla a papá sobre las cosas que ve allí. Ése puede ser un buen lugar para deshacerse de las cosas que se lleva.

—Puede ser la tienda que está en la esquina de mi casa, frente a la panadería, ¿sabes dónde te digo?

—Más o menos.

—¡Tengo una idea, Tani!

Paco mostró una expresión que conozco bien. Achicó los ojos hasta que se le hicieron dos rayitas y me miró fijo, muy serio.

—Vamos a seguirlo —susurró.

Traté de no dar vueltas a los ojos porque sé que le molesta mucho, pero la idea me pareció

malísima. Primero, porque tío Daniel va siempre en auto y, aunque no fuera así, nosotros somos dos chicos. Y segundo, si mi papá se entera de que sigo a sus amigos, antes que nada, me lleva al doctor Manguso, que es mi pediatra, para ver si estoy loco; y después, cuando le diga que no lo estoy, me da un bofetón que estoy tres días viendo las estrellas...

—Estás dando vueltas a los ojos —me acusó Paco—. Jo, Tani, si mi idea no te gusta, piensa tú en algo. Pero date prisa, no vaya a ser que veas a Daniel empujando el piano de tu madre hacia la puerta, ¿vale?

Sin darme tiempo a nada, Paco dio media vuelta y se fue, ofendido. Cuando se enoja, habla en español de las Baleares.

Esa noche, tío Daniel llamó por teléfono durante la cena. Papá habló con él un momento y después se levantó de la mesa y continuó la conversación en el comedor. Yo oía algunas palabras sueltas porque bajaba la voz. Sonaba preocupado.

—Pero ¿por qué? —le preguntó—. ¿Te puedo ayudar en algo?

Y luego, antes de colgar, le dijo que contara con él para cualquier cosa.

—Mañana no tengo que pasar a buscar a Daniel. Irá a trabajar una hora más tarde. Dice que va a empezar a caminar por las mañanas. Dijo que necesita pensar, reflexionar. Estaba un poco raro —explicó papá cuando regresó a la mesa.

Después de secar los platos, corrí al teléfono y llamé a Paco.

—Paco, soy Tani. ¿Sabes que tu plan no era tan malo?

—No te oigo bien.

Estaba ofendido.

—En realidad, no era malo para nada.

—Habla más fuerte.

Muy ofendido.

—El plan era perfecto. Perdóname por dar vueltas a los ojos.

—Ahora sí. ¡Jo, qué lento eres! Y por qué de repente te ha parecido... ¿cómo dijiste?

—Perfecto —confirmé.

—Eso, cierto. ¿Por qué el cambio?

—Porque he oído una conversación. Mañana tío Daniel va a salir de su casa a eso de las ocho y media a caminar. Ha llamado a papá y le ha dicho que necesita despejarse. Es posible que aproveche ese momento para desprenderse de las cosas.

—Déjalo de mi cuenta. Viene mi mamá. Mañana hablamos.

De pronto, me sentí liberado. Este Paco se ofende con facilidad, pero es un amigo fiel. Nunca te abandona, no importa qué problema tengas.

—La reconocí porque en tus cumpleaños tu mamá las pone para comer la tarta. Tiene piedritas.

—Y... ¿qué hiciste?

—Nada. Pero, espera, espera. Cuando iba a salir para decirle a don Pastor que después volvía con mi papá, le vi.

—¿A quién?

—A tu tío Daniel. Estaba hablando con el viejo. Le estaba mostrando alguna cosa y escuché que decía: «Lástima que no tengo el estuche, lo perdí».

—¿Qué era?

—No pude verlo porque, justo en ese momento, él se dio la vuelta y me vio.

—¿Te reconoció?

—Me ha visto mil veces en tu casa pero, en ese lugar, «fuera de contexto», como dice la profe de Historia, no me reconoció. Aunque se quedó mirándome como tratando de acordarse de algo, yo me hice el distraído. Pero ése no fue el problema.

—¿Qué pasó?

—Don Pastor me preguntó si me habían gustado las cucharitas. Ahí me pareció que la cabeza de tu tío hizo un clic porque enseguida guardó en el bolsillo lo que tenía en la mano. Yo le di las gracias y enfilé para la puerta, pero, antes de salir, oí que don Pastor le decía a Daniel que estaba bastante linda, pero había que comprobar si funcionaba. ¿Qué te parece? ¿Sirvo como detective?

Aunque no sabíamos si tío Daniel había ido a llevar la pluma de papá al anticuario, era una posibilidad. Podíamos esperar unos días y, con alguna excusa, ir a ver estilográficas. Y quizá después intentar ver bombillas de mate, pero ¿qué conseguiríamos con eso? A esa altura de la película, no se me ocurría qué más se podía hacer. Me daba la impresión de que la situación no estaba mejor que el día anterior. Más bien al contrario, pensaba que peor no se podía poner.

Me equivocaba.

5

Información archivada

El año pasado, la profesora de Conocimiento del Medio nos explicó que, durante la noche, cuando dormimos, el cerebro procesa lo que nos ha ocurrido durante el día. Trabaja como si fuera un ordenador, pero sin que le demos órdenes. Archiva información, por ejemplo. Una parte la guarda a mano, por si la necesitamos al día siguiente o dentro de un par de meses. Sin embargo, otras cosas las borra de nuestra memoria, especialmente las que no queremos recordar porque son muy tristes. «Borra» es una manera de decir. No las destruye totalmente. Las manda a un cesto donde no nos molesten. Vaya, vendría a ser como una papelera de reciclaje. A veces, se quedan allí para toda la vida. Y uno se muere y ya está, nunca más las recupera. Otras veces, por ejemplo, uno va a un psiquiatra por algún problema y te empieza a hacer preguntas, preguntas, hasta que te acuerdas, aunque no quieras, de lo que está en el cesto. Y gracias a eso, se pueden solucionar muchas dificultades.

Bueno, lo que quería decir con lo del cerebro era que me acordé de repente de algo. Una mañana me desperté con una imagen que había ocurrido varios meses atrás, durante las vacaciones de invierno. Algo que me hizo sentir bastante mal y triste y que le conté a mamá cuando volví a casa. En aquel momento, me pareció que ella no le daba importancia pero, cuando repasé todo, me di cuenta de que le había dolido tanto como a mí.

Esto fue lo que ocurrió. Mamá me había mandado al supermercado y yo estaba en la cola que me parecía más corta. Yo odio hacer cola con las mujeres. Se te cuelan como si no existieras y, si protestas, dicen que eres un mocoso maleducado.

Tres cajas más allá, vi a tía Ana y a tío Daniel con un carrito lleno. Les saludé, pero no me vieron porque estaban distraídos controlando lo que habían comprado con una lista. Al rato, les tocó a ellos y la cajera iba pasando los productos que tío Daniel metía en bolsas. Cuando terminaron, pagaron. En ese momento, a punto de salir del supermercado, un guardia se les acercó y les habló bajito. La tía miró el carrito lleno y le mostró el tique, pero el guardia le puso una mano sobre el brazo al tío y continuó hablando bajito. El tío le quitó el brazo como si recibiera una descarga eléctrica y, entonces, se acercaron otros dos guardias. La cara de la tía se transformó. Miraba al tío como esperando que solucionara el problema o le explicara qué estaba sucediendo, pero él, en cambio, se puso a discutir con los tres guardias.

—Acompáñeme, señor, por favor —dijo uno de ellos en un tono un poco más alto.

Sonó muy autoritario. Eso lo oí yo y también otras personas, porque miraron.

—Le pido, señor, por favor, señor, que no me obligue a... —amenazó el otro guardia.

Tío Daniel le dijo algo en voz baja a la tía y le dio las llaves del auto. A continuación se tuvo que ir con los guardias. Éstos le agarraron uno de cada brazo por arriba del codo, mientras que el otro caminaba detrás. Entraron en una oficina y cerraron la puerta.

¡Pobre tía! Se quedó un rato largo parada al lado de su carrito sin saber qué hacer y nadie se le acercaba para ayudarle.

Yo me fui a hacer la cola a la otra punta del supermercado, que es enorme. No porque no quisiera que tía Ana me viera, sino porque no quería que viera que yo había visto. Cuando salí, como media hora más tarde, porque a propósito me puse en la cola más larga, ella todavía estaba en medio del pasillo. No se había movido ni un milímetro del lugar donde le había dejado el tío y continuaba mirando fijamente la lista de la compra que tenía en una mano.

Me recordó a mi hermana Paz cuando mamá le riñe y la deja sola en el patio para que piense en lo que ha hecho. La gente pasaba

y le chocaba un poquito, pero ella no se movía del sitio.

—Tía.

—Tani, hijito.

—¿Te vas ya, tía? ¿Me llevarías a casa?

En ese momento reaccionó. Entonces quitó
el carrito del medio del pasillo y salimos. La
ayudé a poner la compra en el maletero del
auto. No pregunté por el tío, aunque sabía
que siempre hacían juntos los recados; no quería obligarla a inventar algo. Conté un montón de pavadas durante las pocas cuadras
que recorrimos hasta llegar a casa y me bajé
rápido. Ella dijo que también tenía mucha
prisa porque llevaba productos congelados y
no quería que se rompiera la cadena del frío.
Y que saludos a todos y esas cosas.

6

COMO UN SECRETO

—Papi, si tú tuvieras un amigo que está haciendo algo malo, ¿qué harías?

—Depende. ¿Muy malo?

—Bastante.

—¿Cómo te enteraste?

—Lo vi con estos ojos.

—Bueno, hijo, para empezar, trataría de hablar con él porque todo el mundo puede cometer un error.

—Lo hizo muchas veces, papi, y a lo mejor, muchas veces más que yo no vi. Estoy casi convencido.

—¡Ah, vaya, vaya! De todas formas, sabes que la idea de acusar no va conmigo, no me gusta. Pero, vamos a ver, ¿cuál es el hecho? No hay necesidad de que me digas de quién se trata. Cuéntame qué hace.

—Roba.

—Eeepa... Eso sí que es serio. Tu amigo va a tener problemas.

—Creo que ya los tiene.

—O sea, que ya hay más personas que le han descubierto.

Entonces me acordé del supermercado y de los guardias.

—Sí. Pero, ¿sabes?, es como un secreto. Nadie habla de eso.

Papá se quedó un rato pensando. Siempre piensa antes de hablar, así que no le interrumpo nunca. Es como que pone las ideas en orden.

—Me parece, Tani, que eso escapa a tu responsabilidad. Aquí hay dos elementos básicos: uno es que, por lo que me cuentas, hay más gente que lo sabe; y dos, que estamos, yo diría, ante un problema para un médico, más que para un amigo. ¿Has hablado de esto con él?

—No.

—Bueno, no te preocupes. Estás cargando con algo que no te corresponde.

—Hay... otra cosa.

Papá se quedó muy quieto, mirándome tranquilo, pero creo que pensó que ahora venía el meollo de la cuestión.

—Si le estuviera robando a un amigo tuyo también, ¿qué harías?

Esta vez no reaccionó tan rápido. Se revolvió en la silla y cruzó las piernas para el otro lado. Suspiró y, después, preguntó:

—Ese otro amigo tuyo ¿sabe que le están robando?

—No. O, mejor dicho, no creo. No encuentra algunas cosas, pero no sabe qué pasa. Es su mejor amigo. Nunca va a sospechar.

Yo quería que mi papá me leyera la mente. No quería guardar más el secreto. Estaba seguro de que él iba a saber qué hacer con esto. «Ojalá que ahora mismo me ordene que le diga el nombre de mi amigo ladrón. Que me diga: "Bueno, basta, esto ya pasa de castaño oscuro. La amistad es una cosa importante, pero esto ya no tiene nada que ver con la amistad"». Que me lo diga, por favor, por favor.

—Ay, hijo, hijo... —suspiró y se pasó la mano por la frente—. No debe de ser tan amigo ese amigo.

«No es mi amigo —pensé—. Es el tuyo y yo ya no quiero protegerle más. Si tiene que ir a la cárcel durante ochenta años, que vaya. Y la tía Ana también, por cómplice, porque ella sabe, tiene que saberlo. Que también vaya a la cárcel, y separados. Así no se verán nunca más. Yo, como un estúpido, preocupado por ellos. Y ellos, como dijo Paco, en cualquier momento, sacan el piano de mamá a la calle.»

Estaba tan enojado que salía lo peor de mí. Me enfurecía que papá no se diera cuenta de la historia. Le estaba dando todos los datos y no los reconocía.

De repente, me di cuenta de que él, en realidad, debía de estar pensando en un amigo mío.

—No es Paco, ¿eh? —le avisé.

Su cara de sorpresa y alivio me indicó que había acertado. Pero, al mismo tiempo, fue como si se congelara, porque se quedó quieto, mirándome, y yo a él. Que no fuera Paco

era un alivio; pero, entonces, ¿quién quedaba? Yo no tenía tantos amigos.

Papá negó con la cabeza. Me di cuenta de que también tenía una voz dentro, como yo.

«Pregúntame —pensé—, vamos, pregúntame quién es ese amigo traidor. Dime que es sólo por esta vez y que no estoy obligado a decir el nombre si no quiero hacerlo. Entonces, yo lo voy a pensar un momento y te lo voy a decir. Respiraré hondo y diré el nombre de tu mejor amigo. Vamos. Ahora.»

—¿De qué estáis hablando vosotros dos que estáis tan serios?

Mamá entró con un plato de galletitas de chocolate recién sacadas del horno de la abuela y las puso frente a nosotros.

Le contestamos que hablábamos de cosas de hombres y que gracias por las galletas, que estaban muy ricas.

Me dio la impresión de que papá respiraba aliviado y que ese día, al menos, no me iba a preguntar nada más.

Tuve también la extraña sensación de que mamá había entrado —casi diría— demasiado en el momento justo.

7

¿Alguien ha visto...?

—¡Arriba! —dijo mamá asomándose por la puerta de mi cuarto—. Porque prometiste cortar el césped y porque son las diez de la mañana.

Otra cosa que odio es que no llame antes de entrar y que no respete mi intimidad. Encima, dejó la puerta abierta y se coló mi hermana, que es madrugadora como una gallina y tampoco respeta mi intimidad.

—Hermano, ¿te canto «Marisa, canción naviera», que me la sé enterita? —preguntó con cara inocente.

Preferí hacerme el sordo porque es chiquita para que yo le conteste con una palabrota, pero Paz es implacable.

—Empieza así —dijo, como si yo y todos los de la casa no supiéramos perfectamente cómo empieza—: «Marisa, canción naviera, consta de quinientas partes. Primera parte —ésta es la única parte cantada—: Marinero, marinero, que se va el vapor, que se va el vapor, que se va el vapor. Marisa, canción naviera, consta de quinientas partes. Segunda parte: Marinero, marinero, que se va el vapor, parabapapá, parabapapá. Marisa, canción naviera, consta de quinientas partes. Tercera...».

En una ocasión, sólo para probar hasta dónde era capaz de llegar, le dejé que continuara y llegó a la estrofa número treinta y seis sin perder el aliento. Por favor, por favor. Le tuve que pedir que se callara.

Pero esa mañana, yo no estaba de humor. Cuando llegué a la puerta, de un solo salto, Paz ya estaba bajando la escalera y llamando a mamá a gritos. Con mucha mala suerte, sin que yo la tocara, se enganchó con su propio camisón en el último escalón y se cayó. Desde el suelo, antes de ponerse a llorar, me señaló con el dedo. Mal comienzo del día. No sólo tuve que cortar el césped, como había prometido, sino que también me hicieron lavar el auto.

—Y ¿por qué tanta limpieza, si se puede saber? —pregunté.

—Primero, por el tonito —contestó mamá saliendo de la cocina.

—Bueno. Lo que pasa es que estoy de mal humor. Y yo no empujé a Paz.

—Tani, si quieres contarme lo que te pasa, no tengo nada más importante que hacer en las próximas dos horas —dijo sentándose a mi lado.

«¿Y si se lo cuentas?», susurró la voz en mi cabeza.

—Es algo complicado, mamá.

—Yo era la mejor en Física en la escuela y terminé tercer año de Ingeniería —dijo ella.

—Es complicado en otro sentido. No entenderías.

—Bueno, tú verás —suspiró poniendo su mano sobre la mía—. Sigo aquí.

Por un momento, pensé que mamá iba a abrazarme fuerte, como antes, pero no se animó porque ya le he dicho varias veces que soy mayor. En algunas ocasiones, echo de menos tener los seis años de Paz. Ella se deja abrazar sin problemas.

Mientras terminaba de secar las puertas del auto, pensaba que hubiera sido mucho más fácil contar todo desde el principio y dejar el asunto en sus manos.

—Acaban de llamar los tíos. Vienen para acá con unas chuletas para asar —gritó papá desde la barbacoa.

«¡Fantástico!», pensé.

Un rato después llegaron con algunas cosas más, aparte de las chuletas. Helado de chocolate para después de comer, tarta para tomar con el mate y un frasco de naranjas confitadas que a tía Ana le salen riquísimas. Los chicos no vinieron porque estaban en casa de los abuelos. Mientras estábamos saludándonos, sonó el timbre y mamá fue a abrir. Volvió con Paco.

—Le invité para que se te fuera el mal humor —me dijo guiñándome un ojo.

—Daniel, Ana, ¿os acordáis de Paco, el mejor amigo de Tani? —dijo mi papá.

Si tío Daniel se acordó de Paco, lo disimuló muy bien. Tuvimos un almuerzo muy tranquilo. El tío es un tipo muy colaborador. Pregunta todo el tiempo si hace falta algo, corta el pan, sirve el vino y se levanta de la mesa cuantas veces sea necesario.

—¿Falta un tenedor? —le pregunta a mi mamá—. Quédate, quédate, que voy yo.

«Parece mentira», pensaba yo.

Después de comer, tío Daniel contó varios de sus chistes con nombres raros, que son muy graciosos. Después jugamos a las cartas en parejas.

Bien. Todo bien.

Cuando se hacía la tardecita, papá empezó a limpiar la parrilla de la barbacoa y a levantar el tablero de la mesa. Mamá vino al patio y, con voz seria, dijo:

—Hay una cosa que no encuentro y quiero que todos me ayudéis a buscarla.

Si me hubieran golpeado en la cabeza con una bola de piedra de ésas que echan abajo los edificios, no me hubiera encontrado peor.

Sentí que Paco me miraba, pero no me di la vuelta porque tuve miedo. Mi hermana llegó corriendo y mi mamá la subió en brazos con cara de circunstancias.

Hubo un momento de silencio.

—Se nos ha perdido la mariposita de goma de Paz.

Bueno, cuando uno tiene algo que ocultar se arriesga a llevarse este tipo de sustos. Tío Daniel era el único responsable, pero Paco y yo también estábamos ocultando algo. Encontramos la mariposa de Paz, ordenamos todo, nos despedimos y los tíos se fueron.

Paco y yo nos quedamos charlando un rato más y decidimos ver el final del partido de la fase clasificatoria. Nuestro equipo ya había perdido hacía rato, pero era un buen plan para terminar el domingo.

Papá nos acercó unas chuletas y una jarra con zumo a la mesita del comedor. Paz se fue a bañar y a dormir temprano, por suerte. No como el primer día que nos quedamos en la casa nueva, que tuve que ir a hacerle compañía hasta que se durmió. Antes me había dicho despacito:

—Tengo miedo.

—¿De qué, tonta?

—¿No hay ladrones aquí?

—No, en esta zona no hay. Bueno, casi no hay. Además, están mamá y papá para cuidarnos. Duérmete, que es tarde.

Cuando estaba recordando este suceso, desde la cocina, nos llegó la voz de mamá:

—¿Alguien ha visto mi pulserita de plata? La dejé esta mañana en el marco de la ventana de la cocina.

8

LA DISCUSIÓN

A la mañana siguiente, mientras desayunaba, me acordaba, enfadado, de la discusión entre mamá y papá por la pulserita.

—Pero... ¡será posible! —murmuró papá entre dientes.

Mamá no dejó lo que estaba haciendo. Sólo giró la cabeza hacia donde estaba papá.

—Si será posible ¿qué? —soltó con un tono de voz neutro y espantoso.

—Laura, yo no conozco otra casa donde cada dos por tres se pierda algo. Debemos de estar haciendo algo mal.

—¿Yo, querrás decir, debo de estar haciendo algo mal?

—No estoy echándote la culpa —añadió al ver cómo cambiaba la cara de mamá—. Pero, vamos a ver, reflexionemos juntos. Además, ninguna de las cosas que se nos ha perdido era muy valiosa, así que no es por eso. El asunto es que se nos pierden muchas. Demasiadas.

—Me sentiría mucho mejor si la reflexión la hicieras cuando se te pierde algo a ti —dijo mamá—. Por ejemplo, el reloj que te regaló tu tía cuando cumpliste dieciocho años, ¿dónde está? El joyerito de tu mamá que siempre, siempre, estuvo sobre tu mesilla de noche, ¿dónde está? El cuchillito para cortar puros que trajimos de Cuba, ¿dónde está? Lo que pasa es que tú buscas las cosas dos días y después las borras de tu cabeza. Pero yo me acuerdo.

Paz no es implacable por casualidad, claro. Y, evidentemente, aún no habían echado de menos la estilográfica.

—Es lo mismo que se me pierda algo a mí, o a ti, o a los chicos. Estás tomando esto de forma personal.

—Porque si hay alguien que pone orden en esta casa soy yo. Por eso lo tomo de forma personal.

—¿Ah, sí? —se lanzó papá—. Si tu manera de poner orden es meter todas las cosas...

—¿Meter?

—¿Amontonar, te gusta más? Bueno, amontonar todas las cosas que hay en una casa dentro de ochenta y cuatro cajas exactamente iguales y sin un cartel que las identifique para que después nos pasemos dos meses buscando, por ejemplo, mis camisetas, entonces no nos entendemos. Y ya que estamos, dejar una pulserita en el marco de la ventana, ¿te parece poner orden?

Y a continuación se fue a dormir sin decir una sola palabra más.

Hubo un silencio muy molesto después del portazo que se oyó arriba.

Ninguno de los dos se había dado cuenta de que Paco y yo seguíamos allí, viendo el partido. Claro, que no veíamos nada. Podríamos haber parado esa discusión en un instante pero, ¿no habríamos empezado otra peor? Yo no tuve el coraje de decirles la verdad, y Paco, desde luego, no podía meterse en un asunto como éste y se fue.

«Esto se nos está yendo de las manos», dijo la voz de mi cabeza.

Eso había sucedido la noche anterior. Terminé de desayunar rápido porque no me gusta ver a mamá con cara triste y me fui a mi cuarto. Cerré la puerta para que nadie me molestara. Necesitaba pensar. Tenía una idea rondándome la cabeza, pero no me atrevía a ponerla en práctica.

—Me voy a hacer un recado y me llevo conmigo a Paz —dijo mamá junto a mi puerta sin abrirla.

Después, oí la puerta de la calle cerrándose. Papá ya se había ido a trabajar temprano, así que estaba solo.

«Éste es el momento», pensé, y agarré el teléfono.

—Tío Daniel, soy Tani.

—...

—Todo bien, todo bien. Pero quería preguntarte si por una de esas casualidades,

ayer no viste en la cocina una pulserita de mi mamá. De plata, finita.

—...

—Sí, estaba cerca de la ventana, o en el marco, ella no se acuerda. Dice que le parece que la dejó allí pero, ya sabes cómo es mi mamá, ¿no? ¿Y tía Ana tampoco?

—...

—A mí se me ocurrió que, a lo mejor, vosotros la habíais visto. Y, sí, sí, se armó un lío que...

—...

—Sí, se dio cuenta ayer, antes de irse a dormir. Imagínate, se puso de un humor terrible, claro... Bueno..., no importa, ya aparecerá, si no se la llevó nadie... Gracias igual. Chao.

—...

Le quise dar una oportunidad. Pero también quise escucharle titubear, quise sorprenderle, quise castigarle. Estaba furioso por la mentira en la que yo me había encerrado y de la que no sabía cómo salir. Y también porque la situación no iba a mejorar, a menos que alguno de nosotros hiciera algo.

Tenía que encontrar alguna forma de hablar con papá. Se me ocurría, por ejemplo: «Papá, tengo algo que decirte. Es sobre el tío». «Papá, he descubierto lo que pasa con las cosas perdidas.» «Papá, tío Daniel es un ladrón.»

No podía imaginar cómo seguir en ningún caso. «Si te rompo el corazón, me muero», me dije mientras miraba las cosas de papá, tan ordenadas.

Sonó el timbre. Era tío Daniel. Por un momento me puse contento. Quizá venía a decirme que había descubierto la pulserita enganchada en su llavero, por decir algo. O, a lo mejor, con una excusa, pasaba a la cocina y hacía como que la encontraba en el suelo; o, mejor todavía, que recordaba haberla visto en el cajón de los paños de cocina. Yo no pensaba creerme ninguna de esas mentiras, pero ojalá, ojalá viniera a eso.

—Vengo a buscar una carpeta, Tani.

—Mi papá está en la oficina.

—Ya sé, campeón —me contestó mientras entraba derecho en el estudio—. Tu papá la olvidó y me encargó que la llevara.

Me quedé al lado de la puerta. Esto no tenía nada que ver con la pulserita.

—Tani —me llegó la voz desde dentro—, ¿no has visto una carpeta roja? Es muy raro, porque estaba por aquí y ahora...

—En esta casa no hay ladrones, así que si la dejaste allí...

Si papá me hubiera oído contestar así, habríamos tenido una charla por lo menos. Pero bueno, se me escapó. Tío Daniel se asomó y me miró extrañado.

—¿Pasa algo?

Ahora estaba a mi lado.

Yo retrocedí un poco. Entre todas las posibilidades que se me habían ocurrido, no estaba la de hablar del tema directamente con él.

—Tani, te veo mal —comentó poniéndome una mano sobre la cabeza.

Me costó no hacer un mal gesto. No podía creer que fuera un ladrón. Me parecía que alguien que entrara por la ventana y robara un televisor era más honesto que él.

—Tú sabes —me dijo inclinándose para mirarme a la cara, derecho a los ojos—, porque ya eres mayor, que algunos problemas son más difíciles de resolver que otros. Tu papá es el primero si estás metido en un lío. Pero si por cualquier razón que sea, no importa cuál, yo te puedo ayudar, cuenta conmigo. ¿Sí?

Como no contesté porque tenía un nudo en la garganta, él se enderezó, fue de nuevo al despacho a buscar su portafolios y salió. ¡Tenía unas ganas de creerle!

—Cierra bien, campeón.

Apenas cerré la puerta, sonó el teléfono. Era Paco.

—Estás llorando —adivinó en cuanto le saludé.

—¿Por qué voy a estar llorando, tarado?

—Porque te debe de haber pasado algo. Algo gordo. No vas a llorar por una pavada. Yo te conozco.

—Paco, nunca me voy a perdonar el error que cometí. Menos mal que no se lo conté a nadie. Bueno, te lo conté a ti, pero tú no sueltes ni media, ¿eh?

—Estás hablando de tu tío.

—Sí. Estuvo aquí hace un momento. Vino a buscar algo del estudio y me vio mal. Me habló como un amigo, como un padrino. ¿Te conté que estuvo a punto de ser mi padrino cuando me bautizaron, no?

—Sí, varias veces.

—Bueno, ahora me dijo que podía contar con él para cualquier cosa. ¿Cómo pude ser tan mal pensado? La culpa de todo la tiene la mudanza, Paco. No quiero darle más vueltas a este problema.

—Vale.

—¿Por qué me dices «vale» en ese tono?

—¿Qué tono?

—Te conozco, Paco.

—Jo, Tani. Yo te conozco a ti y tú me conoces a mí. Entonces, te digo lo que pienso. Daniel, en el fondo, es un buen tipo, es buena persona, pero también está haciendo una burrada. Deja ya de echarte la culpa. ¿Le has visto o no le has visto llevarse la pluma? ¿Y la cucharita que encontré en la tienda de don Pastor?

—A lo mejor me equivoqué y la necesitaba para escribir. Y la cucharita, tú mismo dijiste que había como cien. A lo mejor, te pareció la de mi mamá.

—¿Y qué me dices de la pulserita?

—Eso no está comprobado.

—Entonces, ¿lo otro sí?

Me quedé callado.

—A lo mejor no lo hace más, Paco.

—Venga, Tani, no creerás que esto ha sido todo.

—A lo mejor...

—¿Prefieres pensar que te has equivocado? ¿Crees que te has equivocado?

—Me dijo que cualquier problema que tuviera se lo contara a mi papá, y me pareció sincero.

—Contesta la pregunta, chaval.

—Creo que sí me he equivocado.

—Vale, si estás convencido de que es así, yo no voy a echar leña al fuego. ¿Estuvo en el estudio de tu padre, has dicho? Entonces, ve a echar un vistazo, por si acaso. *Déu et faci bo!*

Eso quiere decir «Que Dios te ayude», en el idioma que hablan los de las islas Baleares, que es similar al catalán.

Me colgó el teléfono. Paco estaba enfadado y tenía razón. Yo había empezado todo esto.

Era mi culpa y la de nadie más. Me fui a la cocina. En general, un bocadillo con un filete empanado me ayuda a pensar. Como era media mañana, me preparé uno y un vaso de leche con cacao. Cuando terminé, limpié la encimera y guardé la mayonesa para que mamá no se enojara cuando volviera.

Daba igual, continuaba triste. No quería pelearme con Paco. Es mi mejor amigo y, además, me había ayudado, aún a riesgo de complicarse la vida. ¿Qué me había dicho? «Ve a echar un vistazo, por si acaso.»

«Ahora», ordenó la voz.

No tuve necesidad de entrar en el despacho para ver que faltaba el famoso pisapapeles de cristal negro.

9

El pisapapeles

En cierto modo me alegré. «Ahora se va a armar una bien grande —pensé—. Mi papá va a notar la falta del pisapapeles en cuanto entre en el despacho.»

—*¿Quién estuvo esta mañana en el estudio?* —*preguntaría.*

—*Vino tío Daniel a buscar la carpeta roja y se fue enseguida —respondería yo.*

—*¿Y no habrás entrado tú también?*

—*No, para qué.*

—*Paaaz, ¿has entrado en mi despacho esta mañana?*

—*No, papá.*

El pisapapeles no iba a ser como la bombilla, que si se perdió, se perdió, qué le vas a hacer. Ni como la cucharita, que ni se dieron cuenta. Esto era muy importante para papá. No pasaría desapercibido. Bueno, a lo mejor necesitábamos que desapareciera algo importante para que el problema saliera a relucir y lo habláramos y lo solucionáramos.

Como ya era casi mediodía, me preparé mentalmente para el desastre. Puse la tele para distraerme un rato. No sirvió. Llamé por teléfono a Paco, pero no estaba. Pensé ir a buscarle para contarle, pero me acordé de que estaba enojado y ahora por lo menos hasta la tarde no querría hablar conmigo. Le conozco bien.

Por la ventana, vi que llegaba mamá conduciendo y papá en el asiento del copiloto. ¡Qué raro! Papá tenía puestas unas gafas de sol. Además, por debajo de los cristales asomaba algo blanco. «¡Una venda!», me di cuenta. Y salí corriendo. Mamá me tranquilizó con un gesto de la mano mientras ayudaba a papá a bajar del auto. Tío Daniel aparcó detrás de ellos.

—¿Qué ha pasado? —me asusté.

—No te preocupes, Tani —dijo mamá—. Es una alergia. Probablemente a un pegamento que utilizaron para cambiar las mamparas de la oficina. Le empezaron a picar los ojos, después a arder cada vez más, cada vez más... Y hemos tenido que ir a la clínica de la otra cuadra. No es grave, pero debe tener los ojos tapados durante unos días —agregó mamá acercándose al oído de papá, como si se hubiera quedado sordo, no ciego.

—Por lo menos, como me dijo el médico: «Ojos que no ven, corazón que no siente», Tani —dijo papá haciéndose el gracioso, pero apoyándose en el brazo de mamá para entrar en casa.

—Pero ¿no ves nada, nada?

—Tengo que mantener los ojos cerrados. Esto no es grave, no os preocupéis. ¿Dónde está Paz? No quiero que se asuste. El único problema, creo yo, es que me voy a poner muy pesado. ¿Tendréis paciencia conmigo?

Pasado el susto, pensé que tenía razón en lo de «Ojos que no ven...».

Miré a tío Daniel. Parecía preocupado por su amigo. De verdad preocupado.

La cuestión es que no fueron unos días. Fueron veinte horribles días. Papá necesitaba ayuda para casi todo. Cada vez que se movía tropezaba con algo, así que tenía las piernas llenas de moratones.

—Normalmente —escuché que mamá le contaba a la abuela por teléfono—, no sabe dónde están los calcetines, a menos que los tenga puestos, así que calcula con los ojos tapados...

Lo peor fue que tío Daniel se mudó prácticamente a casa. Eso tranquilizaba a papá porque estaba al tanto de todo lo que ocurría, pero a mí me molestó mucho. Era el enemigo dentro de casa, el lobo disfrazado de cordero, el traidor encapuchado.

Por suerte, hice las paces con Paco. Él me aconsejó retirar las estilográficas de papá —las que quedaban— de la vitrina, pero no me pareció una buena idea. Primero, porque le tenía que explicar a mamá por qué lo hacía y, después, porque tenía la sensación de que tío Daniel estuviera en todos lados.

Faltaba una semana para que papá volviera a ver y se diera cuenta de la desaparición del pisapapeles. Pero ahora, con la cantidad de gente que había venido a casa —clientes, amigos, doctores—, no sería posible señalar a nadie. Mi papá se llevaría un verdadero disgusto, pero el problema no se iba a solucionar.

10

UN VIEJO ZORRO

Una tarde, Paco y yo estábamos en el patio, debajo del toldo, porque hacía mucho calor. Estábamos esperando que llegara la hora en que nos dejaran bañarnos en la piscina. Tío Daniel acababa de salir para retirar unos cedés del estudio del centro y papá aprovechó para echar una cabezadita en el sofá del salón. A las tres de la tarde, sonó el timbre. Digo la hora porque en los barrios, en verano, la gente duerme la siesta y si alguien llama es porque te quiere pedir algo que te sobre. Paz corrió, como siempre, gritando: «Abro yo, abro yo». El problema es que ella no alcanza todavía a la mirilla y, por orden de mamá y papá, la puerta no se abre si no se sabe quién es. Así que no sé para qué corre.

—¿Quién eees? —gritó con la boca pegada a la puerta.

—Don Pastor Centenera —contestó una voz segura y fuerte del otro lado.

Paco me sacudió el brazo.

—¡El anticuario! ¿A qué vendrá?

Nos metimos en la cocina para poder oír de qué hablaban sin que nos vieran.

Mamá miró por la mirilla y, como le conocía de vista, abrió la puerta.

Era realmente impresionante. No le faltaba ningún ojo, ni la barba era tan larga como había dicho Paco para exagerar. Pero lo del sombrero enorme y viejo sí era cierto.

—Buenas tardes —saludó quitándose el sombrero—. ¿La casa de la familia Cáceres?

—Sí. Usted tiene el negocio a pocas cuadras de aquí. Le he visto muchas veces.

—Necesito hablar con el señor Cáceres. Perdone la hora, señora, pero el horario del comercio me impide venir en otro momento.

Papá oyó la voz y se despertó, así que mamá invitó al anticuario a pasar y a sentarse. Le presentó a papá, le explicó lo que le ocurría en los ojos y le ofreció un refresco.

—No, muchas gracias —dijo el anticuario—. Sólo me quedo unos minutos.

—Usted dirá —invitó papá.

—Tengo algo que mostrarles —comenzó, y sacó, de una bolsa que traía colgada al hombro, una caja de zapatos.

La abrió un poquito, mirando a la cara a mamá y a papá, como si tuviera miedo de cómo iban a reaccionar. Ellos estaban quietos, sentados en el borde de sus sillas, un poco inclinados para ver qué les mostraba don Pastor, aunque la única que podía hacerlo era mamá. Entonces, el anticuario levantó la tapa de la caja y la adelantó para que vieran lo que había dentro.

—Aaahh..., pero esto... —exclamó mamá, y se tapó la boca con la mano.

—¿Qué has visto? ¿Qué hay ahí? —preguntó papá.

—Parecen tus... plumas estilográficas. No parecen..., son.

—No puede ser —declaró papá, y le hizo un gesto a mamá para que fuera a comprobar si estaban en la vitrina.

Paco y yo no podíamos ver porque estábamos en la cocina y no queríamos asomarnos. Pero también porque nos habíamos tapado los ojos con las manos. Sin embargo, oír, oíamos perfectamente.

Se oyeron ruidos de revolver cosas que se caían en el estudio de papá. Cuando finalmente mamá volvió, se notaba en su cara que eran las estilográficas de papá.

—Los estuches están..., pero vacíos —susurró, mientras movía la cabeza como si no entendiera.

Don Pastor no pronunció una sola palabra.

—¿Me permite una estilográfica? Cualquiera —pidió papá extendiendo una mano.

Don Pastor tomó una y se la dio.

Papá la tocó como buscando algo, despacito, durante un momento.

—Otra, si me hace el favor.

Con una pluma en cada mano, con la cabeza apuntando hacia arriba como si lo que viera estuviera allí, pensó un momento.

—Sí, son las mías —afirmó serio—. Puedo preguntarle, señor...

Papá no se acordaba del nombre.

—Pastor Centenera —le recordó el anticuario.

—¿Por qué tiene usted esto que, sin ninguna duda, me pertenece?

—Estas estilográficas me fueron llegando poco a poco. De una en una, casi le diría. La persona que me las ha traído no tiene idea de su valor. Más bien, por su extraño comportamiento, yo diría que tenía prisa por deshacerse de ellas. Recuerdo que una de las últimas veces me trajo una estilográfica francesa, marca Dupont, creo, de las originales. A ver, por acá —dijo rebuscando con un dedo torcido dentro de la caja—. En ese momento, estuve seguro.

—¿De qué?

—De que estas plumas pertenecían a una colección.

—¿Y por qué no podrían haber pertenecido al hombre que se las llevaba? —preguntó papá.

—Se imaginará usted que, siendo ésta mi profesión desde hace tantos años, sé reconocer a las personas. Y algunas veces, la procedencia de los objetos que me traen no es... clara, digámoslo de esta forma. De haber pertenecido a ese señor, habría intentado que se las pagara como colección, aunque las vendiera una a una. Créame, he comprado colecciones de diferentes familias venidas a menos. Así es como supuse, y compruebo que no me equivoqué, que estas estilográficas eran propiedad de otra persona.

—¿Quién se las llevaba?

—Ignoro su nombre, señor.

—Y ¿por qué me las ha traído?

—Porque soy un viejo zorro, señor, si me permite la expresión —dijo don Pastor sonriendo con la cabeza inclinada, como si se enorgulleciera de semejante calificativo—. Verá, no sé si ustedes saben que las cosas tienen su historia. Cada objeto tiene una historia. Lo único que hay que hacer es escucharla. Este sombrero que llevo puesto, por ejemplo, es una lástima que no pueda verlo, perteneció a un sobrino de Morgan el Pirata. Increíble, ¿verdad? Bueno, sus estilográficas también tienen su historia, ¿sabía?

Don Pastor hablaba en tono bajo. No en secreto, sino como se habla en los lugares donde se debe tener respeto. Además, no tenía prisa.

—Permítame esa estilográfica, por favor —le pidió a papá.

Don Pastor desenroscó el capuchón y lo retiró con muchísimo cuidado. Luego, desenrolló un trocito de papel de seda que envolvía el cartucho de tinta. En silencio, se lo tendió a mamá.

—Tu nombre... Aquí está escrito tu nombre y apellidos y la dirección de la casa vieja —anunció ella.

Don Pastor asintió con la cabeza.

—También encontré otra dirección. Creo que corresponde a la casa donde usted vivió de soltero. Me tendrá que disculpar por todo lo que he averiguado, pero era necesario.

—Había olvidado eso... Hace tantos años. Esto es increíble. ¿Cómo supo...?

—Por lo que le expliqué antes. Los dueños de las cosas, sean muebles, libros o vajillas, dejan su marca sobre ellas. No siempre escriben el nombre como usted, pero uno puede saber qué clase de personas han sido o qué les gustaba hacer, o cuántas veces se han enamorado. A veces he encontrado cartas de amor pegadas en el fondo de cajones, pequeñas fortunas enrolladas en las patas de alguna cama antigua y muchas cosas más que no me creerían. La mayoría de las veces no tiene interés, pero esto es distinto. Esta colección, aunque está incompleta, no carece de valor. Por eso, y porque en este negocio hay, a veces, misterios escondidos, me tomé el trabajo de seguir la pista.

Papá y mamá frente al señor Pastor y nosotros, escondidos en la cocina, estábamos absolutamente fascinados con lo que contaba. Pero, en realidad, el problema era otro, y papá volvió a preguntar:

—Señor Centenera, yo me alegro de recuperar mi colección, pero usted me está colocando en una situación muy difícil. Alguien de mi entorno cercano... Bueno...

—Le comprendo —asintió don Pastor.

—Necesito que usted describa a la persona que le lleva mis plumas. Y algunas otras cosas, quizá.

Paco y yo nos sentamos en el suelo de la cocina, pero mirando hacia el salón. Igual, parecía que nos habíamos vuelto invisibles. Nadie se daba cuenta de que estábamos allí.

—Es un hombre de su estatura y edad, piel blanca y cabello corto y castaño —describió don Pastor.

—Eso no me ayuda mucho. Si vuelve a aparecer por su anticuario, ¿me avisaría?

—Con mucho gusto —dijo Don Pastor, y se puso de pie—. Ahora debo retirarme porque es hora de abrir mi negocio.

Mamá le acompañó hasta la puerta. Pero entonces, el hombre se detuvo un momento y se dio la vuelta hacia papá:

—Olvidaba una cosa. Esto, ¿también le pertenece? —preguntó sacando del bolsillo el pisapapeles de cristal.

Mamá miró la mano extendida de don Pastor como si en vez de cinco hubiera tenido diez dedos. Asintió con la cabeza, incapaz de hablar.

—¿Qué es? —preguntó papá.

—Tu pisapapeles de cristal. El que te regaló tu profesor...

—El que está arriba en mi escritorio —dijo sin fuerza papá.

Sin pronunciar ni una sola palabra, don Pastor dejó el pisapapeles en manos de mamá. Después se colocó el sombrero, se inclinó un poquito y dijo:

—Lo lamento. Buenas tardes.

Y cerró la puerta lo más despacito que pudo.

11

EL CAMPAMENTO

En medio de este problema, llegó la semana de campamento que el club organiza todos los años en Los Cerrillos. Allí hay un edificio para seminaristas que se utiliza solamente durante el año lectivo. En realidad, no se usa tanto porque ahora casi nadie quiere ser cura, tengo entendido, así que lo alquilan para clubes o escuelas o colonias de vacaciones. Para mi amigo Paco y para mí es lo más importante del verano. Más todavía que las vacaciones que podamos pasar con nuestros padres, vayamos donde vayamos.

Además, esta vez, yo tenía la ilusión de que si me apartaba unos días del problema, iba a desaparecer.

Después de la visita de don Pastor, en casa se había instalado un silencio molesto. El anticuario había dicho todo menos el nombre del tío. Pensé que cuando se fuera íbamos a tener una reunión familiar, íbamos a hablar del tema, a hacer preguntas. No sé, algo. Pero no ocurrió nada. Absolutamente nada. Cuando regresó el tío a casa con lo que había ido a buscar, las estilográficas estaban en su lugar y nadie mencionó la visita del anticuario.

A este campamento van los jugadores de rugby de seis a trece años con los entrenadores, varios profesores de gimnasia y dos médicos del club. Todos gente estupenda. También van las chicas de hockey con su equipo, pero en otro autobús y con sus propias actividades. Sólo nos reunimos para el almuerzo y el fuego de campamento. En general, porque a veces hay excepciones.

Este año fue Elizabeth. Yo no sé describir a las chicas, pero ésta me parece la más guapa

que he visto en mi vida. Sólo hay un problema: el hermano más grande (porque tiene tres), que juega en la primera división de rugby, es modelo armario. No aparenta ser un tipo agresivo, ni de mal carácter. Más bien al contrario, pero hay que estar bien atento con él.

Una vez, estábamos en el club después de un partido, durante el tercer tiempo. Elizabeth estaba sentada sola, con el equipo de hockey, el de la faldita corta blanca y eso. Bueno, la cuestión es que me acerqué a ella con un batido de chocolate en la mano para invitarla. No sólo eso. Ella quitó el palo y yo me senté a su lado. No sé qué le pregunté. No me acuerdo, pero hablamos un rato. De pronto, sentí dos manos enormes sobre mis hombros.

—¿Cómo estamos, compañero? ¿Tani, no? —me preguntó tendiendo una mano abierta para que las chocáramos.

No sé de dónde había sacado mi nombre, pero no pude menos que preocuparme.

Elizabeth se levantó y le abrazó.

—Estábamos charlando mientras llegabas, Ron, hermanito.

Ron miró el envase vacío del batido de chocolate que Elizabeth tenía en la mano y sonrió moviendo la cabeza como diciendo: «Ya sé de qué vas».

—Bueno, Tani, muchas gracias por acompañar a mi hermanita mientras terminaba de ducharme. Nos vemos.

Después de ese día, la vi varias veces más, pero siempre estaba con el hermano o con las amigas. En Los Cerrillos, quizá se presentara alguna posibilidad.

Durante el día organizamos caminatas, búsquedas de tesoros, escalamos árboles, nos enseñan a prender y a apagar fuegos como se debe, algunos secretos de supervivencia por si alguna vez lo necesitáramos. Pero la parte más divertida es el fuego de campamento, después de la cena. Hay concursos de cuentos de terror, de chistes y otros juegos. Pero lo mejor, mejor de todo, es que nos dejan irnos a dormir tarde, siempre y cuando prometamos que por la mañana nos levantaremos a las ocho para desayunar juntos. Los profes no se ponen pesados con eso de que ordenemos la habitación, reunamos los calcetines y lavemos las tacitas del mate cocido. Cada uno ordena sus cosas sin necesidad de que se le diga nada. Las madres deberían aprender de ese sistema.

Bueno, el segundo día, cuando Paco y yo estábamos pescando, me acordé de la conversación que había tenido con mi papá. Él me había dicho que el problema de mi amigo lo tenía que solucionar un médico. En el campamento había uno y era un tipo al que se le puede confiar con tranquilidad un tema como ése. Y, en realidad, cualquier otro, porque habla «a calzón quitado», como dice mi abuela, o sea, de cualquier cosa. Se llama Juan José, le llamamos *Juanjo* y nos tuteamos. Se lo comenté a Paco y estuvo de acuerdo en que intentáramos hablar con él y, además, se ofreció a acompañarme.

Así que esa misma noche, cuando los demás se dirigieron al fuego de campamento, nosotros dos nos acercamos a Juanjo.

—Mirad, chicos, esa persona no es un delincuente. Es un ladrón, sí. Pero, en realidad, lo hace porque está enfermo.

—De la cabeza —añadió Paco.

—Algo así. La enfermedad se llama cleptomanía. Los enfermos cleptómanos y su conducta es compulsiva. No pueden parar de hacerlo. En general, roban cosas sin importancia, pavadas. Nunca planean, por ejemplo, robar un banco, buscar cómplices, esas cosas. Ni se les pasa por la cabeza. Siempre actúan solos y, generalmente, se ponen en situaciones de gran riesgo. El peligro les estimula a actuar. Muchas veces les descubren, pero cuando se dan cuenta de que son personas respetables, digámoslo así, no se presentan denuncias. Se derrumban, piden perdón y obtienen la discreción de la gente.

—Éste que yo te digo robó en un supermercado y la mujer estaba con él. No le importó nada. Es un desgraciado.

—Típico. Probablemente pagó lo que tenía en el carrito, pero se había guardado algo en algún bolsillo. Pero, con respecto a que no le importó nada, te equivocas, Tani. Sí les importa. Y mucho. Viven llenos de vergüenza y de miedo. Es muy común que los familiares más cercanos, en este caso la señora de tu amigo, lo sepa. Y que haya problemas y discusiones que nadie más conoce. Pero no lo pueden evitar. Es así de simple.

—Este amigo de mi papá no tiene problemas de plata. El año pasado se fue a Europa un mes.

—Es que no tiene que ver con necesidad económica. Este problema muchas veces lo presentan personas bien situadas. Suelen ser, además, buenos padres que educan bien a sus hijos, que ayudan a sus mujeres en la casa y juegan al fútbol los sábados, tienen amigos y van a la iglesia y esas cosas. Va por otro lado. Lo que es poco común en este caso es que se trate de un hombre. En general, son mujeres. Roban en las tiendas, en las reuniones de madres del colegio, a veces en las casas de las amigas. Y es habitual también que todos los que están a su alrededor terminen sabiéndolo. Alguien se da cuenta, ve algo o sospecha y le pone una trampa para comprobarlo. En fin, distintas cosas. Pero cuando uno lo sabe, se entera todo el mundo. La información, en estos casos, corre como el viento.

—Y ¿qué debo hacer? —pregunté—. Porque si yo le digo esto a mi papá, se muere.

—¿Cuánto tiempo hace que son amigos tu papá y este señor?

—Desde que eran chicos. Como nosotros, más o menos.

Juanjo se quedó pensando un rato. Después eligió las palabras para decirme algo que, en el fondo, en el fondo, yo ya sabía.

—¿Se te ocurrió pensar, Tani, que a lo mejor tu papá conoce el problema?

—¿Y por qué se deja robar?

—Te contesto con una pregunta: ¿por qué tú no fuiste a decírselo en cuanto viste lo de la cucharita?

—Porque no estaba seguro, seguro. Pensé que, a lo mejor, me había equivocado.

—¿Y después, cuando viste lo de la estilográfica?

Me quedé pensando.

—Porque, si es así, las cosas nunca volverán a ser como antes.

—Bueno, Tani —dijo Juanjo abriendo las manos—, quizá por eso se deja robar.

Mientras caminábamos hacia el edificio de los dormitorios, Paco y yo comentamos lo que Juanjo nos había dicho. Llegamos a la conclusión de que, a la vuelta, no quedaría otra solución que hablar con papá. Después de decidirlo y decirlo en voz alta, me sentí mucho mejor.

Apenas abrí la puerta de nuestra habitación, vi el sobre. Estaba en el suelo y era de color rosa. Era de Elizabeth y me mandaba una foto suya. Detrás decía, con una letra chiquita: «¡Qué suerte que estás aquí! Eli».

Por un momento tuve miedo de que Paco oyera el ruido que hacía mi corazón. Dejé la fotografía encima de la cama mientras nos desnudábamos, como si no me importara nada.

—Es un poco descarada, ¿no? —tanteó Paco.

—A mí me parece que se ha pasado tres pueblos —le contesté haciéndome el enojado—. En todo caso, una carta con foto tendría que haberla mandado yo.

—¡Qué foto vas a mandarle tú, si hace ya seis meses que te digo que te mira y no haces nada!

—Pero, ¿tú has visto el hermano que tiene? ¿Le has visto los brazos y el cuello? ¿Quieres que te diga cómo me miró el día que la invité a un batido de chocolate?

—Bueno, ahora piensa algo para mañana por la mañana y olvídate de ese hermano. Además, creo que el equipo de rugby de primera se va de gira durante un mes a Escocia.

No nos dormimos hasta las tres de la madrugada.

12

EL FINAL

El domingo pasado, cuando regresé del campamento, nos quedamos hasta muy tarde charlando sobre cómo nos había ido. Luego, cuando mamá fue a fregar los platos, le hablé a papá de Eli. Levantó las cejas y movió la cabeza para un lado cuando le conté lo de la foto —creo que pensó que fue un poquito descarada, como dijo Paco—, pero me pidió que se la mostrara. A él también le pareció guapa. Le hablé de los tres hermanos y también le dije que le tengo miedo especialmente a uno, el más grande.

—No hay por qué —añadió—. Si uno se porta bien, todo claro, todo a la luz, no hay motivo para tener miedo.

Pero estuvo de acuerdo en que es una ventaja que su equipo se haya ido de gira.

Estuvo bien charlar con papá. Me contó sobre la primera vez que se enamoró, a los trece años. Ella tenía catorce y un novio que la visitaba con permiso de su familia en la casa, porque antes se usaba así. La cuestión es que a ella también le gustaba papá. Una cosa llevó a la otra y un día sucedió lo inevitable.

—¿Qué?

—Paré al pibe por la calle y le dije que le estaba buscando para romperle la cara.

—¿Eso hiciste? ¿No era más grande que tú?

—Bastante más. Tendría unos quince años, calculo. Pero yo tenía que demostrarle a aquella chica que... Bueno, no sé, algo había que demostrar. Así que de las palabras pasé a los hechos.

—Y ¿cómo te fue?

—De la primera trompada me sentó. Un bochorno que no olvidé fácilmente, te lo aseguro.

Las carcajadas debieron de oírse fuera y papá me hizo prometer que no le contaría a mamá nada de lo que habíamos hablado.

No fui capaz de decirle nada de la conversación con el médico del campamento. Me dio pena estropear el ambiente. Por tanto, el problema continuaba allí.

A las doce, papá dijo que se había hecho tarde y que cada mochuelo a su olivo. Siempre dice eso.

Cuando pasó por mi cuarto para darme las buenas noches, desde la puerta entreabierta, me cuchicheó:

—Mañana seguimos con lo de la carta.

—¿Con qué? —preguntó mamá.

—¿Con qué qué? —repitió papá como si no entendiera.

—Está bien, vale. Si no quieres contármelo, está bien.

—Quisiera, si es posible, que, aunque fuera por una vez, no te metieras en las conversaciones entre tu hijo y yo —se rio papá.

En ese momento, sonó el teléfono.

—¡Qué horas de llamar! —protestó mamá con cara de preocupación.

—Es Ana —anunció papá bajito mientras escuchaba—. Bueno, cálmate. No llores, que no entiendo. Sólo dame la dirección. Sí, estoy anotando. Ahora, dime, dónde están los chicos. Están bien, con tu mamá. Bueno, Laura y yo salimos para allá. Ana, no me expliques nada. No es necesario. Me imagino que fue otra vez lo mismo. Claro que sé por qué nos llamas a nosotros. Hiciste bien, querida. Porque somos los amigos que necesitáis. Cálmate, no llores más. Te paso con Laura.

Antes de darle el teléfono a mamá, le dijo:

—Daniel está preso. Le pillaron robando en una tienda. Me voy a vestir.

Desde mi cuarto, yo oía la voz de mamá, hablando bajito, casi llorando con tía Ana.

—Te llevo un abrigo —le dijo, porque ella siempre se preocupa porque la gente pase frío.

Papá se asomó a mi habitación.

—¿No te importa quedarte solo un rato con Paz? Tienes el número del móvil en la puerta del frigo, por si pasa cualquier cosa. El tío ha tenido un problemilla.

—Ya sé.

—¿Oíste?

—Algo.

—Bueno, Tani, el tío tiene un problema. Hace mucho. Más tarde o, mejor, mañana, vamos a hablar de esto.

A veces, papá me dice que ya soy un hombre y que tengo que cuidar a mi hermana. Pero cuando me dijo que el tío tenía problemas, el tono de voz me hizo sentir que estaba hablando con un adulto.

Tío Daniel estuvo preso dos días porque las cosas se complicaron. Tía Ana se derrumbó y decidieron irse a vivir a Montevideo, donde tienen familia. Averiguaron, además, que allí hay una clínica importante para curar adicciones de este tipo. Dicen que todo va a estar bien porque, finalmente, el tío aceptó que necesita ayuda. Se deshizo la sociedad que tenía con papá en el estudio porque el tío insistió mucho en eso y aseguró que iba a empezar una nueva etapa y que debía lograrlo por sus propios medios.

Unos días después, cuando faltaba poco para que se fueran, mientras mamá estaba en casa de tía Ana ayudando a preparar las cosas para el viaje y haciéndoles compañía, papá me contó toda la historia, que venía de cuando eran chicos. Era como un secreto bien guardado del que nadie hablaba, porque tío Daniel siempre fue un gran tipo. Todos tenían la esperanza de que cada vez fuera la última. La tía sabía, los padres sabían, los amigos más cercanos también y el resto sospechaba lo que ocurría. Muy feo, realmente, como nos había dicho el doctor Juanjo en el campamento.

Mientras charlábamos, me di cuenta de que sucedía algo raro. Dos días antes, yo estaba preocupado por quitarme de encima un problema contándole todo a papá y, de repente, papá estaba contándomelo todo a mí.

—¿Por qué te dejabas robar?

—Te podría decir que no me daba cuenta, pero eso era a veces. Cuando sí me daba cuenta, no sabía cómo encararlo. Me enfurecía durante unos días y ¡me entraban unas ganas de ahorcarlo que...! Después pensaba en sus padres, que son unos santos, o en la tía Ana y en los chicos, y rezaba para que no volviera a pasar. Don Pastor, el anticuario,

URGE VENTA
OFICINA/LOCAL
COMERCIAL

me obligó a abrir los ojos. Lo de las plumas, te digo la verdad, no lo vi. La colección es un tema delicado para mí, ya sabes. De haberle descubierto con las manos en la vitrina, no sé, Tani, no sé qué hubiera hecho.

Papá tenía los codos sobre las rodillas y la frente sobre las manos. Hablaba conmigo, pero no me miraba.

—Tú lo sabías —adivinó de pronto.

Dije que sí con la cabeza.

—¿Cuándo, cómo te diste cuenta?

—Le vi llevándose una cucharita de plata y una vez en el súper, con la tía —resumí para hacerlo más corto.

Papá sacó un pañuelo del bolsillo y se enjugó las lágrimas. Yo me levanté de la silla y me senté a su lado, en el suelo, y él me prestó el pañuelo, porque yo nunca tengo.

—¿Daniel es tu amigo ladrón, entonces?

—Ajá.

—¿Por qué no me lo dijiste?

—No sé. Estaba hecho un lío. Yo quería decírtelo, pero no sabía cómo y, al mismo tiempo, no quería que te enteraras. Tío Daniel es como tu hermano, ¿no?

Me puso una mano en el hombro y me apretó fuerte, fuerte, y nos quedamos un rato largo quietos y sin hablar.

Después, papá dijo:

—¡Huy, mira qué hora es! Vamos a preparar algo de comida para que tu madre no diga que somos incapaces de hacernos nada más que pan con queso.

Fuimos a la cocina y nos pusimos a cocer unos espaguetis con mantequilla. Mientras hervían, salimos al patio y cortamos un par de mandarinas para comerlas de postre. Los espaguetis se pasaron y salieron horribles, y nos dio tanta risa que lloramos de nuevo. Al día siguiente, mamá comentó que ni a propósito pueden salir tan mal unos sencillos espaguetis con mantequilla, y también se rio con nosotros. Pero esa noche, no nos importó y nos lo comimos todo.

Era raro estar solos. Echamos de menos a las mujeres, pero también estuvo bien hablar y quedarnos callados, comer, fregar los platos, pelar las mandarinas y escupir las semillas.

Qué sé yo, estuvo bien.

ÍNDICE

XVI Premio
ALA DELTA

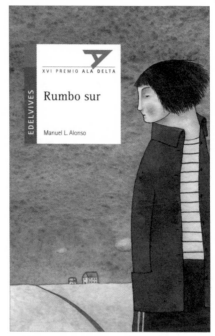

Rumbo sur

Manuel L. Alonso

Ilustraciones
Elena Odriozola

ALA DELTA, SERIE VERDE N.º 50. 120 págs.

Una niña de diez años que nunca
ha salido de su ciudad y un padre
con un oscuro pasado tienen 15 días
para estar juntos, después de años
de separación.

Les aguarda un viaje de más de mil
kilómetros en el que la falta de dinero
y la suerte decidirán cada etapa.

Más allá, está en juego la posibilidad
de vivir juntos de nuevo.